# 첫눈 내리는 날에 쓰는 편지

김용화 시집

문학세계사

# 첫눈을 기다리며

낮게 흐린 하늘
홍시 하나, 찬 바람에 흔들린다.
눈이라도 팡팡 쏟아질 것 같은 날씨다.
나는 첫눈을 기다린다.
첫눈 내리는 날은 흑백 사진 속의 한 여인이
함뿍, 머리에 흰 눈 쓰고
고향집 토방 올라설 것 같다.
7년 만에 새 시집을 낸다.
첫 시집을 시집보낼 때처럼 설렌다.
5부의 '自選 20'은
1, 2 시집에서 개인적으로 아끼는 작품을 뽑아
부분적인 수정을 거쳐 재수록한 것이다.
사랑하는 사람들에게
이 시집을 바친다, 길가에 심심하게 꽂혀 있는
이름 없는 작은 꽃들에게도.

2004. 초겨울, 관악을 바라보며
개웅산 기슭에서    김용화

# 1

# 2

*1*

# 너를 기다리며

너를 기다리기
백 년이
걸린다

너를 잊기까지
죽어서
또 백 년이
걸린다

나는 산정에 선
한 그루
외로운 나무,

하늘이 푸르다

# 입동 무렵

성가수녀원 뒤뜰에 모과가 익었다
수녀님 만나면 따 달라고 해야겠다
칠순을 바라보던 안젤라 수녀님은
멀리에서도 잘 익은 모과 냄새가 났다

# 쓸쓸한 봄날
## ── 벽제에서

불 속에
너를
밀어 넣고

기다린다

잿불 속에 감자 몇 알 묻어 놓고
기다리던

우리들
먼 유년의 그 날처럼

# 자화상

푸른 하늘을 우러르는 일이 부끄러워
언제나 고갤 숙인 사람,
화살은 수없이 날렸지만 과녁을
맞춰 본 적 없었네
혹여, 발자욱 소리 들릴까
걸음걸이 항상 조심스러웠네
반세기는 늦게 세상에 태어나
뒤만 바라보며 실컷 자기 몫을 쓸쓸해하다가
시드는 낮달처럼
스러져 없어질 사람,
오늘같이 푸른 날은 흰 고무신 닦아 신고
뜸북새 우는 긴 논둑길 걸어 보고 싶네

## 첫눈 내리는 날에 쓰는 편지

소한날 눈이 옵니다
가난한 이 땅에 하늘에서 축복처럼
눈이 옵니다
집을 떠난 새들은 돌아오지 않고
베드로학교 낮은 담장 너머로
풍금 소리만 간간이 들려오는 아침입니다
창문 조금 열고
가만가만 눈 내리는 하늘 쳐다보면
사랑하는 당신 얼굴 보입니다
멀리 갔다 돌아오는 메아리처럼
겨울나무 가지 끝에
순백의 꽃으로 피어나는 눈물 같은 당신,
당신을 사랑한 까닭으로
여기까지 왔습니다
기다림의 세월은 추억만으로도
아름답지만
이제는 가야 할 시간이 얼마 남지 않았습니다
당신을 만나서는 안 되는 까닭은

당신을 만나는 일이
내가 살아온 까닭의 전부이기 때문입니다
한 방울 피가 식어질 때까지
나는 이 겨울을 껴안고
눈 쌓인 거리를 바람처럼 서성댈 것입니다

## 강 건너 그대

하늘빛이 흐려서
손 한 번 헐겁게 잡아 보지 못했네
그리워 말 못하고 살아온 지 오랜 지금
강 건너 갈밭머리
반백의 머리칼 날리며 쓸쓸히
웃고 섰는 여인아,
그대 향한 그리움
오늘도,
겨울 강둑에 빈 해바라깃대처럼 서 있을 뿐이네

# 그 때 그 자리

줄무늬 스웨터
빨간 치마

고개 꺾고
마른 잔디 풀만 쥐어뜯던 네 작은
어깨가
조금씩 들썩여서

하고팠던 말
가득해도
말 한 마디 못해보고 돌아온
그 때 그 자리

인제는 다 말할 수 있을 것 같아
너 없는
그 자리에
다시 찾아가 앉아본다

## 쓸쓸한 날의 자화상

빠른 게 세월이더라, 사랑하는 아이들아
내가 늬들을 멀리하기 전에
늬들이 먼저 나를 멀리하는구나
스물 아홉에 밀리고
총각한테 밀리고
그렇지만 아이들아 나도 20년 전엔 스물 아홉,
향기나는 청춘이었단다
교문 밖 나설 땐 겹겹으로 에워싸고
인기 투표할 때마다
첫째를 놓친 적 없었단다
사랑하는 아이들아, 바보 바보 천치 같은 아이들아

# 강 건너 불빛

눈 내리는
저녁엔
강 건너 먼 마을 바라본다

다정도 해라,
하나 둘 켜지는 불빛들

그대는
어느 마을 불빛 아래서
저녁밥을 짓고 있을까

허공을 떠돌다 강물이 되는
하얀 그리움…

## 지귀의 노래

그대의 눈길 한 번만 스쳐도
단숨에 타오를 목숨입니다
하늘에 별처럼 높고 빛나는 그대,
감히 사모하는 일이
얼마나 큰 죄가 되는지 아오나
어이합니까
생각사록 뜨거워지는 이 가슴
별똥별 풀꽃처럼 뿌려지는 길섶에서
그대 향기나는 발소리 기다리다
잠든 가슴 위에
귀하신 팔찌를 벗어 놓으시고 홀연
밤안개 헤치면서 사라지신 그대,
깊고 넓은 마음 헤아릴 듯합니다
마지막 뼈와 살을 우리어 바치는
불의 마음,
몸 밖으로 터져 나와
서라벌 산천을 불꽃으로 덮을 때
그대 넉넉한 치맛자락으로

황홀하게 불타버린 미천한 몸뚱어리를
알뜰히 거두어 주십시오


\* 지귀는 선덕여왕에 대한 사모의 정이 너무 깊어
끝내는 불귀신이 되었다는 신라의 사내임.

# 아름다운 이름 하나

하늘에 작은 별 하나
빛나기까지
얼마나 많은 밤 꽃들이 피어나
밤하늘 밝혔을까

강가에 꽃 한 송이
피기까지
얼마나 많은 밤 별들이 반짝이며
강물 위에 빛났을까

하늘과 땅 사이
아름다운 이름
하나,

얼마나 많은 세월
꽃 피고
별 빛나야
내 가슴에 피어나 빛날 수 있을까

# 첫사랑 그 여자

남몰래
가슴 깊이 묻고 살아도
꿈속에서 불쑥 뛰쳐나와 들킬 것 같아
불안하다

한 세상 살며
가슴 좀 실컷 아파 보라고
꿈길마다 찾아와 눈웃음치다
한 발짝 다가가면 살래살래 달아나 버리는

## 해바라기 사랑


해를 맞듯
당신을 만납니다

해를 보내듯
당신을 보냅니다

오늘도 난
해바라기

지는 해를 바라보다
꽃잎 하나 떨굽니다

당신
뜰 앞에

*2*

# 1999년 12월 31일 밤을 위하여

세기의 마지막 밤, 잠시 후면
새 천년이 시작되리라
새 천년 새 아이들이 첫울음을 터뜨리리라
지구촌의 들뜬 사람들
밀레니엄 축제로 흥청대고 있을 시간, 나는
코리아의 수도 서울의 귀퉁이
어둡고 곰팡내 나는 방에 이불 덮어쓰고 누워
오늘 인천 앞바다로 떨어진 태양과
내일 아침 동해에 떠오를 태양이
어떻게 어떻게 다를까를 곰곰이 생각해 보다가
동네 슈퍼에 얼마의 외상값과
몇 년을 더 갚아야 할 빚과 빈 통장을
머리맡에 남겨놓고 새 천년을 맞는다
저녁에 갈아넣은 연탄은
내일 아침까지는 내 등을 따습게 해 줄 것이다
저녁밥이 남았으니 늦잠을 자도
내일 아침엔 찬밥을 먹으면 될 일이다
꽃은 피고 나비는 날고 강물은 예고예고

지상의 주인들이 끊임없이 이름표를 바꿔 다는 동안
태양은 또다시,
천 년의 외롭고 따분한 여행을 계속할 것이다

## 아름다운 밤


마을 사람들
떠나고 없는
빈 마을의 밤

우물가
길섶에
이름 모를 작은 풀꽃들 피어나
밤을 밝혀 주네

엄마별,
아기별,

길을 잃지 마라고

# 내 마음의 여자

이슬처럼
증발할 것 같은

봄눈처럼
녹아버릴 것 같은

안개처럼
다가와
한 번만은 먼저
내 손을 잡아 줄 것 같은

그런 여자
하나,

가슴속 깊은 곳에 숨겨 놓고 싶다

# 명 희

시간의 수레바퀴를 돌려놓을 순 없을까
캄캄한 어둠만이 밀려오던 종점 근처
홍합 국물이 따뜻하게 뎁혀지던 포장마차
오늘같이 눈 내리는 밤 오면
세상 어딘가에 잠들어 있을 눈매 곱던 널
찾아내어
빠알간 숯불에
알맞게 잘 구워진 꼼장어 소라를 안주 삼아
독한 소주 한잔 빈속에 털어 넣고
널과 함께 걷고 싶어
그 때 우린 참 많이 젊어 있었지
강냉이빵이 먹고 싶다던 너, 이 밤 어디에
박혀 있니?

# 한 마리 소의 죽음

한 마리 소가
더운 숨 끊어
피를 남기고 살을 남기고 뼈와 가죽을 남긴다
한 마리 소가
검은 울음 게우며 쓰러져
마음씨 착한 농부를 살려내고
설렁탕 집 뚱뚱한 과수댁과 삽사리를 살려내고
공무원을 살려내고
룸살롱 아가씨를 살려내고
딸을 돈벌러 보낸 가난한 농촌 마을
주름살 깊은 홀어미와 함께, 젖배 곯은 새끼들을 살려
낸다

## 추자도 뿔소라

추자도 뿔소라를 안주 삼아 술을 마셨네
날카로운 뿔 곧추세우고
몸통 으깨져도 끝끝내 몸을 열지 않는
추자도 뿔소라를 망치로 깨먹으며 술을 마셨네
왜놈 되놈 쳐들어왔을 때도
차라리 목숨 끊을지언정 허리끈은 풀지 않았던
고추같이 매운 우리네 할머니의 할머니들,
옭매고 옭맨 고쟁이 속 순정이 피 토하는 밤
마주앉은 순토종,
조선의 얼굴들을 번갈아 쳐다보며 술을 마셨네

# 낮 달

고욤꽃 밥풀처럼 뿌려진 날
울면서 내 팔에 매달리던
달팽이 같은 여자,
풀섶에 떨어뜨리고 간 빛바랜 손거울

## 그리운 베싸메무쵸

술 한 잔 들이켜면
베싸메무쵸를 불러 주던 그대
무에 그리 바빠
딸 같은 아내 달랑 남겨 놓고
먼 길 홀홀이 떠나가셨나
그토록 좋아하던 술
조금씩 오래오래 즐기면서
고달픈 인생길 살아가다 버거우면
가끔 만나
회포나 풀자 했더니
오장이 성한 데 없이 병실에 누워서도
주사바늘 뽑아 던지며
술 한 병 거뜬 비워내던 그대
바쁘다는 핑계로
마지막 가는 길도 지켜주지 못한 내가
요즘 자꾸 그대가 그리워지는 까닭은
왜, 때문일까
리라꽃 향기 빈 뜰에 자오록한 봄밤

술 한 잔 떠놓고 나 그대를 기다리네
그리운 베싸메무쵸

# 어떤 엽서


너에게 보낸 편지는 잘 도착했을까
이젠 세월이라고 불러도 될 만큼
참 많은 시간 흘렀지
은모래, 우리 마지막 만났던 강변 그 찻집
지금도 기억해
우산 낮게 숙여 쓰고 함께 거닐던
시골학교 작은 운동장 무성하던 플라타너스는
지금도 푸를까 학교 마당 참새들도
잘 있을까
산다는 게 참 쓸쓸해, 눈물나게 아름다워

# 먼 별에 혼자 앉아

한 달이나 앓은 몸살 일으켜 세우고
창밖에 아이들 노는 모습 내려다본다
행복도 하여라
행복도 하여라
백 년 전에 죽은 한 사내가 먼 별에 혼자 앉아
고요히 사람의 마을을 굽어보고 있다
내게도 저런 시절 있었느니
사랑도 하고 미워도 했던 시절 있었느니
하얀 목련만 심심하게 벌어지는 봄날 오후

## 예루살렘, 2002년 가을

배낭 속에
자살 폭탄을 지고

예루살렘
평화롭게 놀고 있는 어린이들 곁으로
거리를 좁혀가는
팔레스타인 여대생 테러대원

마지막 숨 고르고
안전핀
뽑으려는 순간,

눈물이 쏟아져 내리고 있었다
눈이 시리게 푸른 하늘
쳐다보며

들썩이는 어깨 위에 내리쬐는 따스한
가을 햇볕

## 소래산 진달래꽃

언제 보아도
제 자리를 지키고 있는 저 산

밀물 드는
포구에서
짜디짠 소금바람 불어오면
소래산 진달래는 석양에 붉게 핀다

앙상한 가지마다
고만고만한 작은 슬픔들 거느리고
해마다
붉게 피는

소래산 진달래꽃

## 강변 그 찻집


눈 내리는 마포 강변
발전소 빨간 굴뚝이 보이는 2층 찻집에서
내 사랑은 기진하여
대학 노트 찢어
70년대식 러브레터를 쓰고 있었네
장작 난로엔
보리찻물이 따뜻하게 뎁혀지고
파블로 카잘스의 음악이 흰 테이블마다
낮게 낮게 깔리고 있었네
기다려도 내 사랑은
오지 않고
주머니 속 하얀 알약을 만지작거리며
나는 내 청춘과 결별할 생각을 하고 있었네
스물세 살 겨울,
낯선 역에 잘못 내린 사람처럼 한없이 허둥대던

# 단풍은 붉다

그대와 단둘이 얼굴 붉히며 가을 빗속을
세상 끝까지 걸어가다가
단풍잎처럼 포개져 함께 얼어 죽어도 좋으리

# 정 적

정조준한 포수의 총부리 위에

사뿐—
앉는다

노랑나비 한 마리

# 정선 아라리 · 1

강릉 삼척 소금 사러 백복령을 넘은 당신
산 깊고 물 깊어 못 오시려나
노가지나무 뻐덕지게 부끔떡 엽전꾸러미
다 던져두고
몸 성히 성히 돌아와 주세요
초록저고리 다홍치마 어찌하라고
굽이치는 강물 따라
물철쭉은 피는 겁니까
올챙이국수 한 그릇 떠먹는 동 마는 동
노을 비낀 하늘에 검은 구름만 몰려오네

# 정선 아라리 · 2

싸리골 올동박은 다 떨어지는데
맨드래미 줄봉숭아만 곱게 피면 뭣하나요
옷고름 나부끼며 노을지는 강가에서
당신 가신 곳 바라보다 해는 저물어
쏙독새 울음소리 애린 가슴 저미어 파는데
이 슬픔 이 눈물 그 누가 아라리
삭달가지 꺾어서 군불을 지펴 놓고
풀잎에 매디매디 밤 이슬이 차워라
행주초마 고쳐 매고 칠성님전 빌고 나니
월미봉 살구나무에 새벽달이 걸렸네

*3*

## 전철 안에서

한 사내가 한 처녀를 쳐다본다
맑은 눈에 달걀 같은 갸름한 얼굴이 마냥 순결하다
처녀는 책장을 넘기다 힐끗 사내를 올려본다
사내는 눈을 감고 처녀의 섬세한 눈길을 받는다
사내의 눈길이 처녀의 전신을 헤집는다
처녀는 눈을 감고 사내의 눈길을 한껏 즐긴다
나비 한 마리 처녀의 눈썹 끝에 사뿐 앉는다
처녀의 씨방 깊숙이 긴 침을 꽂고
천천히 아주 천천히 처녀의 달디단 체액을 빨아올린다
처녀는 눈꺼풀이 풀어지며 혼곤한 잠에 빠진다
처녀의 무릎 위에서 스르르 책이 미끄러진다
화들짝 책을 집어들며 처녀는 사내를 빤히 뚫어본다
처녀의 눈과 사내의 눈이 순간, 정지된 상태에서 만난다
전철은 달린다 전속력으로

# 오래 된 풍경

우체국 측백나무 잎새 사이로
숨어 바라보던
오렌지색 원피스가 곱던 그녀

까마득한 시간 흘렀어도
그 집 앞 지날 때면
내 가슴은 어느새 뛰고 있지

그 날, 읍내로만 나와 줬더라면
그녀는 지금 내 곁에 있을 텐데

그녀는 항상 내 가슴 안에 있지

# 그 겨울의 끝

겨울의 끝에서 눈이 옵니다
지난 겨울은 참 행복했습니다
연사흘째
어지럽게 봄눈 날리고
더 이상 가까워질 수 없는 거리에서
사랑한다는 말 한 마디
못해보고
당신을 보냅니다
당신만큼 날
행복하게 해 준 사람 없습니다
당신만큼 날
슬프게 해 준 사람 없습니다
봄눈 내리는 길목에 서서
멀어져가는 당신 뒷모습
바라보다
한 움큼 눈을 뭉쳐 하늘에 던집니다

## 제부도

썰물지면 바다가 갈라져 길이 난다는 섬,
파도 소리에 해파리가
건건드러지게 춤추고
바지락과 대합이 하얀 물보래를 일으키며
수수꽃다리 같은
종아리가 붉은 여자들 부둣가에 나와
먼 눈으로 반길 것 같은 섬, 제부도에
가고 싶다
젖은 머리칼에 미역 냄새 나는 여자를 만나
우렁쉥이 같은 아이 하나 보고 싶다

# 빗속에서

아스팔트에 곤두박질치는 빗줄기
부우연 물보라
빨주노초파남보 우산을 들고
물 위를 걸어가는 늘씬늘씬한 처녀들
스커트 밑으로 뻗어 내린 흰 다리가
고즈넉이
젖는다
비릿한 바다 냄새가 난다
푸른 비늘이 돋는다
심해에서 금방 건져 올린 생선처럼

# 무진霧津으로 보내는 편지

― 하인숙에게

인숙이, 날 용서해 줄 수 있겠어
사랑한다는 말 끝끝내 못해 주고
네 곁을 떠나와야 했던 날
이해해 줄 수 있겠어
무진霧津,
그 나른한 안개 속을 빠져나왔지만
난 또 다른 안개에 갇히고 말았어
인숙이,
다시 무진에 간다면
날 받아 줄 수 있겠어
잔디가 잘 자란 바다로 난 방죽길
노란 파라솔 들고
어린아이처럼 따라오던 인숙이
사랑해, 그리고
무진의 바다와 안개를,
너는 내 자신, 내 모습이기 때문이야
난 지금 일상의 안개에 꼭 갇혀 있어
무진에 가고 싶어, 인숙이

\* 하인숙은 김승옥의 소설 『무진 기행』에 나오는 여자임.

## 봄날에

민방위 사이렌이 긴 울음 뽑자
교실에서 뛰쳐나온 소녀들
만개한 벚꽃 그늘 아래 쪼그리고 앉아
조잘거린다 재잘거린다
이윽고,
치마를 훌훌 털고 일어서면
그 자리에
희고 둥근 알이라도 하나씩 낳아 버릴 법한 봄날에

# 붉은부리도요새

붉은부리도요새라는 새가 있다
어느 이름난 한정식집에 초대되어
잘 차려진 음식 앞에 놓고 문득
벽에 걸린 민화 속에서
붉은부리도요새 한 쌍을 발견했다
창자 깊숙이
채곡채곡 먹이를 채워두었다가
새끼들 앞에 돌아가 게워 놓는다는

# 거룩한 본능

수십 수백 명씩 기아로 죽어나가는
케냐의 소말리아 난민 수용소,
시체 더미
곁에서도
새 생명은 태어나고 태어나고 있나니

# 봄 밤

목련꽃 흐드러진
봄밤은

목을
매고 싶어라

그 밤도
목련은

그대 살처럼 희었나니

# 편 지

그녀에게서 편지가 왔다
참 오랜만이었다
음성이 떨리고 있었다
지웠던 기억이 스멀거리고 있었다
내 청춘이 길 위에서 비 맞고
맨발 벗은 그녀가
울면서 따라오고 있었다
날씨만 개었더라면
그녀는 지금 곁에 있을 것이다
비가 고요히 밤을 적시고 있었다
―단풍이 곱게 물들고 있네요.
밤 기차가 경적을 울리며 지나고 있었다

## 너를 보내며

슬픔을 삭이는 바다
파도는 하얀 거품을 물고 와 우리들 발등에
쏟아 붓는다
눈썹을 맞댄 작은 섬
섬과 섬을 오가며 끼룩대는 갈매기 떼
쉰 울음소리
세월이 가고 너도 가면
너와 나의 사랑도
파도에 부서지는 조개껍질 속에 한 개 희미한
점인 것을
파도는 철썩거리고
너를 보내며, 수평선 멀리 넘쳐나는 바다를 본다

# 원경遠景

목련꽃
하늘에다 하얀 속살 풀어헤치자
귓불이 발개진 소녀애들
살래살래
얼굴 붉히며
화선지에 꼼꼼히 주워 담고 있다

# 자목련

하늘나라로 간 소녀들, 하늘나라는
심심하고 답답해
밤사이
어른들 몰래 놀러 나왔다
담장 위에 벗어 놓고 간 어여쁜, 꽃신

# 여학생

읍내로 자전거 끌고 학교 다닐 때
처음 보았네
봉긋한 가슴
눈 시리게 희던 교복
채양 널따란 하얀 모자 둘러쓰고
아카시아 향기 알알한 신작로 길
남학생 곁을 삐뚤삐뚤
펭귄처럼 위태롭게 스쳐 지나가던 그녀들은
필시,
잠자지 않고 밥 먹지 않으며
꼭두새벽 사람들 잠든 틈 타
베짱이처럼 폴짝폴짝 풀밭을 튀어 다니며
풀잎에 달린 이슬 하나씩 따다
몇 스푼의 고독과
슬픔을 함께 타서
밥 대신 먹고 살아갈 것 같은
나와는 다른 어떤 슬픈 종족으로 알았네
내 학교 시절 여학생들은

# 그 겨울 · 1

첫눈 내리는 날에는 독한 술을 마시고
눈 쌓인 거리를 서성이다가
그대 잠든 집 앞에 쓰러지고 싶었네
그대 살처럼 희디흰 눈 이불 덮고
어린 사슴처럼 긴 잠에 들고 싶었네

## 그 겨울 · 2

첫눈 내리는 날에는 외투깃을 세우고
소명 지하도 입구에 장승처럼 서서
눈빛 우울하게 지나가는 여인들
가슴 가슴에
연두색 나비핀 하나씩 달아 주고 싶었네

*4*

## 알에 대한 명상

신화 속의 주인들이 알에서 태어났듯
어쩌면 인간이 알에서 태어났을지 몰라
꽃 피고 강물이 길을 내며
인간이 난생에서 태생으로 변한 것이라면
이는 진화일까 퇴화일까
배란기가 시작된 여자들이 아침마다
음습한 곳간에 둥지를 틀고 숨 할딱대다
미끈한 알 하나씩 낳아 준다면
얼마나 귀엽고 앙증맞을까
그대여 어느 하늘 지붕 밑에서
바늘귀를 꿰고 있을 내 첫사랑 그대여
고단한 이 하루,
난 당신이 낳아 준 희고 따끈따끈한 알이나 하나
가슴속 깊이 묻어 두고
깊은 잠 빠져 볼란다 세상 다할 때까지

# 서해의 낙조

지는 해의 물 묻은 얼굴을 손으로 만지고
싶다…

## 그리운 나의 꼬리


사람에게 꼬리가 달렸다면
세상이 얼마나 달라졌을까
오늘 나는
꼬리가 달려야 할 자리에 꼬리가 없어 허전하다
청설모나 담비의
우아하고 멋진 꼬리를 하늘 높이 말아 올리고
토요일 오후
청량리역 시계탑 아래에서 초조하게
짝꿍을 기다리고 있을 청춘남녀들을 생각해 본다
사람에게 꼬리가 달렸다면
여자들은 꼬리에다 갖은 치장을 다할 것이다
칼라 코팅을 하고
스트레이트 파마를 하고
시도 때도 없이 남자들 앞에 나타나 꼬리를 치게 될 것
이다
남자는 여자한테 성가시게 따라붙으며
너만을, 너만을, 뜨겁게 사랑해 주겠노라고
꼬리에다 속삭이며 정중하게 입을 맞출 것이다

사람들은 밤낮으로 사랑에 빠져

코소보나 동티모르 사태 같은 참극은 벌어지지 않았을
것이다

신이 인간을 창조하고 마지막으로

꼬리를 미완성으로 남겨 놓은 것은

고의였을까 실수였을까

오늘도 나는 꼬리를 생각한다, 그리운 나의 꼬리

# 1999년 봄, 서울

엘리뇨는 봄을 앞당기는 것 같았지만
다시 겨울이었다
IMF 체제하에 새 정부가 들어서며
실낱 같은 희망을 걸어 봤지만
1년이 못 가서 등을 돌리고 말았다
미래가 불확실한 대학생들은
너도나도 핸드폰을 뽑아 들고
지구에서 먼 외계의 세상으로
알 수 없는 신호를 보내고 있었다
밀레니엄 베이비를 낳기 위해
신혼부부는 퇴근시간에 맞춰 집으로 돌아가고
예식장을 못 찾은 처녀 총각은
날짜를 맞춰 예약된 호텔에 투숙했다
50대는 비아그라를 먹고
첫사랑을 빼닮은 딸 같은 애인을 만나
달콤한 데이트를 즐겼다
먼 나라의 행복한 여왕 엘리자베스가 살짝
서울을 다녀간 사이

민노총은 총파업을 시작하고
봄꽃들이 도발적으로 피어났다 흐린 하늘에
흩어지고 있었다

## 한가한 하루

어린 아내는 떼쟁이 아들놈과
장기판을 놓고 티격거리고
난 웃통을 벗어젖히고 모기 물린 자리
물파스 찍어가며
한 줄 시詩와 씨름을 한다
창밖엔 연사흘째 장대비 꽂히는데
TV 특집에선 지리산 야영객 백여 명이
실종됐다는데
오랜만에 나는 참 한가한 하루다

# 은행을 털며

은행을 털었다, 아들놈하고
가슴과 가슴에 질긴 탯줄을 동여매고
하늘 끝 아슬한 벼랑을 딛고 은행을 털었다
아차 하는 순간, 모든 것은 끝이었다
깊고 푸른 하늘 속에서
간간이 눈길 마주칠 때마다
씨익, 한 번씩 웃어도 보이며
조심하고 조심할 것을 당부하였다
묵묵히 은행을 털고 있는 아들놈 뒷모습
지켜보며
땅이 꺼지게 걱정하고 있을 식솔들을 생각하였다

# 눈 내리는 아침

주전자에 물이 끓고 있었다
더운 김 확― 뿜어 올리며
담배 한 개피 꼬나물고 밖을 보고 있었다
쌓인 눈 위에 눈이 쌓이고 있었다
빨래하던 아내가 황급히 달려와 조잘거리고 있었다
물이 끓는 걸 보면 불을 끄든지
손수 커피를 타든지
그런 식구 좀 하나쯤 있어주면 안되나요
뾰로통해진 딸이 끼어들며
엄마는? 멋이 없어 뭘 몰라 아까부터 나도
사르륵 사르륵 눈 내리는 배경과
커피 물 끓는 소리를 한껏 즐기고 있던 참인데…
그래 알았다 알았어 내 속이 타누나
잘난 식구들과 사느라고!
담배 한 개피 다시 꺼내 나는 거꾸로 불을 붙이고 있었다

# 토크쇼에서

치킨이 먹고 싶다고 눈물 글썽한
새끼들 데리고 토크쇼로 갔다
금방 빼온 생맥주 쓰릿한 거품 훑는 동안
빨간 양념 뒤집어쓰고
맛깔 나게 담겨온 통닭 한 마리
아들, 딸한텐 다리 한 쪽씩 주고 나는
날개나 먹어야지
다리를 찾다 보니 크기가 제각각인
세 개의 다리가 나왔다
......
몸통과 다리는 어떤 관계였을까
세 개의 다리는 서로 어떤 의미이고
관계였을까
새끼들은 정신없이 쩝쩝대는데
나는 생각했다 이마에 손을 얹고
불편한 다리 끌고 황천길 헤매고 있을 닭들의
외로운 넋을

# 참새들도 불안하다

아내는 아침마다 참새들에게 모이를 준다
요즘 참새들은 먹지를 못해서
몸집이 작아졌다며
남은 밥을 말렸다 잘게 부수어
부엌에서 바라뵈는 햇살 환한 장독대 위에
펼쳐 놓는다
새들이 까맣게 내리며
무어라고 저희들끼리 쪼잘거린다
모이 한 번 쪼을 때마다
작은 눈 도리반대며 주변을 살피고 또 살핀다
설거지하다 그릇이라도 부딪는 날이면
포로로롱—
날아갔다 돌아오지 않는다
지구 위에 목숨 붙이고 사느라고 참새들도 불안하다

# 술 심부름 추억


빈 주전자 달랑 들고 술 심부름 가는 길은
대낮에도 여우가 나온다는 길이었다
자운영 꽃 따서 주전자 입 틀어막고
차돌백이 지나 무거워서 한 모금
부엉이재 넘다가 무서워서 또 한 모금
곱돌모랭이 돌아오다 속이 타서 또 한 모금
반쯤 남은 술 주전자 끌어안고
풀밭에 폭 쓰러져 곤한 잠에 빠질 때
이 놈, 개산 노을에 얼굴이 붉게 그을었구나!
매방아집 할아버지,
구루마를 끌고 가던 늙은 소의 표정도 은근하였다

# 우울한 겨울
— 2001년에

깊은 겨울이다
둘째가 시험에 떨어지고
식구끼리 방안에 처박혀 긴 겨울 나고 있다
어쩌다 얼굴 한 번 마주쳐도
아무도 말을 걸지 않는다
고놈, 우리 식구들 희망이었는데…
적막하다
겨울의 끝이 안 보인다
위층 아이들은 아침부터 또 시작이구나
천정이 무너져 내리는 것 같다
창문 활짝,
열어젖히니
흐린 하늘 먼지 같은 눈 몇 점 떠 있다

# 꼬마 시인

엄마— 달님이가 자꾸 나를 쳐다봐
괜찮아 우리 애기 예뻐서 그래
엄마— 달님이가 나를 따라와
괜찮아 우리 애기 함께 놀자고 그래
엄마— 달님이가 물에 빠지려고 해
울지 마 달님이는 물에 빠져도 옷이
젖지를 않아

두 살짜리 꼬마가
엄마 등에 업혀, 달밤, 소래포구를 건너간다

# 이 사
── 2004년 봄에


17년 살던 집을 버리고 아파트로 이사를 왔다
유난스런 위층 아이들, 학교 소음 때문에
가으내 부동산 사이트를 뒤지고 있던 날 보고
이李선생은
세상에 대한 희망을 접어야겠다며 쓸쓸해했다
지척으로 이사를 왔는데도
모든 게 낯설고 낯설 뿐이다
우편물을 챙기러 먼저 살던 동네에 찾아갔을 때
내가 살던 집, 내가 심은 나무,
발자국 소리 알아듣고 날아들던 참새들도
옛 애인처럼 뾰로통해져 먼 하늘만 쳐다보고 있었다
얼마나 더 세상을 살아야
이런 자잘한 것으로부터 자유로워질 수 있을까
봄이다, 관악의 솟은 이마가 성큼 다가오는 봄날이다

# 귀향 보고서 · 2
—— 99년 여름에

하늘이 푸르고 푸르다
감잎에 햇빛 쨍쨍하게 빛난다
뒤란 가득 개망초꽃 피어나
둥근 하늘을 떠받치고 있다
더위 먹은 수국이 고갤 기우뚱,
소담한 꽃 뭉치를 허공에 기대인다
흐르던 시간도 잠시
몸을 풀고 쉬었다 가는 마을
할머니가 된 어머니 숨 몰아쉬며
솔밭 사이 열무밭에 가고
나 홀로 집을 보며 시詩를 쓴다
청설모 한 마리 찾아와 눈 맞추고
쏜살같이 달아난다

## 아번님께 바치는 소

절 용서하세요 아번님, 가난이 싫었어요
강냉이밥이 먹기 싫었어요
그 날 밤 식구들 몰래
안방 궤짝 속에 든 소 판 돈을 몽땅 훔쳐
밤차로 상경했어요
이 불효막급한 자식놈 탓하며
얼마나 많은 밤 불면으로 새우셨나요
가난이 싫어서
비바람 찬 서리 밤이슬 맞아가며
돈이 되는 일이라면 가리지 않고
소처럼 열심히 일을 했어요
겨울에도 쉬지 않고 쌓인 눈 헤쳐가며
한 뼘 한 뼘 화전밭 일구시던 아번님,
이젠 저도 나이를 먹어
사래 긴 조밭머리 소풀 뜯기며
보리피리 불던 고향의 소년으로 돌아가고 싶어요
해당화 바닷가에 넓게 피어 흐드러지는
꿈에도 그리운 고향땅—

한 시인들 잊을 수가 있겠어요
아번님,
생전에 갚아 드리지 못한 빚을 갚기 위해
오늘은 소 떼를 몰고
분단 이후 아무도 넘지 못한 판문점을
넘어가겠어요
아번님 영전에 바치는 이 소들이 부디
새끼를 낳고 또 새끼를 낳아
수천 수만 마리 소 떼가 되어
척박한 고향땅을 갈아엎게 해 주십시오
따뜻한 봄바람도 불어오게 해 주십시오


* 1998년 H그룹 J명예회장이 1차, 2차에 걸쳐 500마리씩 1000
마리의 소 떼를 몰고 판문점을 통해 북을 다녀왔음.

*5*

# 모 과

못생긴 모과 하나

방 안 가득
눈물 같은 향을 내더니
썩어가며 더욱 깊어지누나

암꽃처럼 피어나는
반점

그대,
누워서도
성한 우리를 걱정하시더니

# 장 길


빚봉수 서고

팔려가는
소

자운영 꽃피는
논둑길 건너갈 때

울아버지
횟병,

쇠뿔 같은 낮달이
타고 있다

한내
장길

## 아름다운 일요일

일요일이면 아내는 교회로 가고
난 늦잠을 잔다
잠을 깨도 그냥 누워서 생각을 한다
하늘나라에서 천사옷을 걸친 아내는
얼마나 아름답고 행복할까
지금쯤 믿음이 없는 남편을 위해
기도하고 있을 시간,
싸늘하게 식은 찬밥 앞에서 난 또 한 덩이
찬밥이 된다
아름다운 일요일, 그래 난 참 행복해

# 아버지는 힘이 세다

아버지는 힘이 세다
이 세상 누구보다도 힘이 세다
손수레에 연탄재를 가득 싣고
가파른 언덕길도 쉬지 않고 오른다
꼭두새벽 어둠을 딛고 일어나
국방색 작업복에 노란 조끼를 입고
통장 아저씨를 만나도
반장 아줌마를 만나도
허리 굽혀 먼저 인사를 하고
이 세상 구석구석
못 쓰게 된 물건들을 주워 모아
세상 밖으로 끌어다 버린다
나를 키워서
힘센 사람을 만들고 싶은 아버지,
아버지가 끌고 가는 높다란 산 위에
아침마다 붉은 해가 솟아오른다

## 살기 위하여

혼자 술을 마신다 또 하루를 살고
하루분의 먹이만큼 작아진 몸으로
기름방울처럼 물 위를 떠돌다가
가련한 짐승들
어미 품에 잠든 곁으로 돌아와
혼자 술을 마신다 살기 위하여
조금씩 작아지며 나는 죽어간다
얼마나 더 작아져서 죽을 것인가
기우는 밤, 작은 별들이 떠 있다

# 목

산다는 것은
목을 내놓는 일이다

목을 씻고
푸른 하늘을 우러르는 일이다

저녁에 돌아오며
목을 만져 보는 일이다

# 닭 집

닭장 속에 닭들이
한 마리씩 죽어갔다
두 눈 홉뜨고 날개 퍼덕이며
할딱대던 닭
닭집 아줌마는 하느님이시다
볏이 크고 빛나는 닭부터 하나씩
목숨 깊숙이 칼날을 밀어 넣고
손 씻고 돌아서서
한 줌 모이를 던져 주면
목숨 붙은 닭들은
한 알의 모이를 더 먹기 위해
볏을 세우고 쪼고 할퀴며
필사적으로 싸웠다
닭장은 점점 비워지고
마침내 남아 있는 한 마리의 닭,
빈 닭장을 왔다갔다 하다가 눈을 감고
모이 접시 앞에 서 있다

# 밥과 법

밥이 있다
법이 있다

밥이 있고 법이 있는가
법이 있고 밥이 있는가

밥 속에 법이 있는가
법 속에 밥이 있는가

밥이 법을 먹으면 콩밥이 된다
법이 밥을 먹으면 합법이 된다

밥이 법이다
법이 밥이다

# 쥐잡기

쥐를 잡았다
연탄집게 끝으로 급소를 내리쳤다
어둠 속에 빛나던 눈
온몸에 경련을 일으키며 콘크리트 바닥에 누웠다
흐린 불빛 아래
쓸쓸한 너의 주검
허공을 휘젓던 꼬리가 가난의 끈처럼 길어 보였다
상상이나 했으랴
너의 마지막 이런 모습을
너의 집에도 먹을 거라면 환장하는 새끼들과
눈알이 빠지게 기다리고 있을
배꼽이 예쁜 계집이 있겠지
나는 아직 따뜻한 너의 주검을 싸서 눈 속 깊이 묻어 주
었다

# 재분이

국어시간이면
홍콩아가씨를 불러주던 재분이
졸업한 후 한 번
소식 줄 줄 알았는데
아카시아꽃 내란처럼 피는 이 계절에
한 번 헤어지고 못 만나는 네가
그리워진다
작은 키에 커다란 눈
시골 출신
충청도 서산서 오빠 밥해 주러 올라와
학교에 다닌다던 재분이
지금쯤
고향으로 다시 내려가 콩밭 매고 있는지
낯선 거리에서
비 맞고 서 있는지
교정의 새들도 자라서 날아갔다
한 번은 돌아오는데
우리 다시 만나 3학년 1반 교실에서
너의 노랫소릴 들어 보고 싶구나

# 낙 화

목련꽃 지는 토요일 오후
내 청춘이 묻힌 교정에
빛바랜 시간의 조각들이 흩어져 있었다
손끝에 잡히는 것들
주워 모아
풀꽃 같은 이름 하나씩 붙여 보다가
바람에 날려 보내고
남은 몇 개
책갈피 속에 끼워 가방에 담았다
바람은 난폭해져
소녀들 치맛자락을 걷어 올리고
꽃 지는 하늘마다 해가 저물고 있었다

## 그 여름

홍수로 깊어진 대홍내를 건너
한낮의 뙤약볕 속을
열무단 이고 늙은 노새처럼 걸어오시는
할머니, 낮은 어깨엔
여치 풀무치 기름챙이도 함께 붙어왔다
소낙비에 전 베적삼에선
눅눅한 쉰내가 피어났다
보릿짚 후둑이며 아궁이 불 지피면
부뚜막에 쪼그리고 앉아 할머니 수제비를 뜨셨다
해꽃은 꺾여 시드는데
쇠품팔러 간 엄마는 돌아오지 않고

## 장마 끝나고

장마 끝나고
징검다리 하나 둘 모습 드러내면
시냇물 맑아져 송사리 피라미떼 줄을 짓는다
아랫내 물턱
큰물에 휩쓸려온 방개고무신 한 짝 걸려 있다
하늘이 높고 구름이 빠르게 움직인다
버들붕어 한 꿰미씩 들고 곱돌모랭이 돌아오면
배에서 꼬르륵, 소리가 났다

# 눈 내리는 저녁

저녁 눈 설핏하게 떠도는 날은
고향 마을 찾아가고 싶다
아이들 한바탕 떠들다 돌아가고
시누대밭 참새들만 춥다고 조잘대던
저녁 어스름,
그 집 앞 지나다가
나풀대던 단발머리 보고 싶다
외양간에 늙은 소
숨 몰아쉬는 고향집
어머니, 젖은 손 잡아 보고 싶다

# 마 중

비가 오는 날마다
할머니는
삼거리까지 마중을 나오셨다
세시 차가 있고
다음은
다섯시 반이었다
헌 우산은 쓰고
새 우산은 접고
세시 차에 안 오면 다음 차가 올 때까지
비에 젖어,
해오라기처럼 서 계시었다

# 그 시절

종점에서도 한참을 걸어야 닿는
변두리
내 새끼들 잠들어 있는 연탄 냄새
다정한 집에는
방안 가득 하얀 기저귀가 마르고
젖살 포동한 갓난애기 배냇짓하며
나비잠을 잤다
날개옷 잃어버린 불쌍한 선녀는
전설 속에 갇혀 날아가지 못하고
밤 되면 수지웁게 흰 가슴 풀며
하늘 같은 지아비 나뭇꾼을 맞아들였다

# 초롱꽃

달빛에 잔별이 깔리는 풀밭

처녀로 죽어서 길 가운데 묻혔다는
눈썹이 고운
누이

분화장하고
눈썹 달고

고즈넉이 서 있다

# 비탈에 서서

막막한 벌판에 노을이 진다
비 맞고 들길 건너간 내 청춘,
어느 하늘 낯선 추녀 밑에서
비를 긋고 서 있느냐
강물은 가슴을 깎아 길을 내어 흘러가고
강을 건너는 바람 소리
적막한 밤
망초꽃 길을 밝혀 별 하나 떠 간다
비 맞고 들길 건너간 내 사랑아,
저문 강물에 내 작은 생애도 떠 간다

# 오월의 아침

간밤에 비 내리고 도랑 물소리
또랑또랑 들려온다
연초록 잎새에 고운 햇살 빛난다
새들이 제 목소리로 노래 부르고
맑게 씻긴 잎잎 사이로
해 그림자도 몇 장 떨어져 있다
세상은 아무 일 없고
유월이 오면 녹음은 짙어질 것이다
아이들도 키가 더 자랄 것이다

## 딸에게

너는
지상에서 가장 쓸쓸한 사내에게 날아온 천상의
선녀가
하룻밤 잠자리에 떨어뜨리고 간 한 떨기의 꽃

# 미완의 사랑과 생명시학의 길

김 재 홍 | 문학평론가 · 경희대 교수

## 1. 미완의 사랑 또는 순결지향성

김용화의 시는 사랑의 시다. 그러기에 그의 시편들에는 사랑의 속성으로서 그리움과 외로움, 기다림과 안타까움의 정감들이 넘실거리고 있다.

눈 내리는
저녁엔
강 건너 먼 마을 바라본다

다정도 해라,
하나 둘 켜지는 불빛들

그대는
어느 마을 불빛 아래서
저녁밥을 짓고 있을까

허공을 떠돌다 강물이 되는

하얀 그리움…

──「강 건너 불빛」

이 시에는 사랑의 형식으로서 외로움과 그리움이 안타깝게 표출돼 있다. 그러나 그러한 사랑은 '강 건너 먼 마을'이 표상하듯이 오늘 여기에서 실재하는 나의 삶과는 서로 단절되어 있다. 말하자면 '오늘 여기' 실재하는 사랑이 아니라 현재의 삶과는 단절되어 있는 지난날의 것이며 다른 공간에 존재하는 사랑이다. 그러기에 단절감과 거리감, 소외감과 안타까움의 정감이 짙게 드러나 있는 것이다. 시간적으로, 공간적으로도 단절되어 거리감을 느끼게 한다는 뜻이다.

그러나 그것은 아직도 오늘의 삶을 이끌어가는 하나의 추진력 또는 매개체로 존재한다. "그대는/어느 마을 불빛 아래서/저녁밥을 짓고 있을까//허공을 떠돌다 강물이 되는/하얀 그리움…"이라는 구절 속에는 아직도 그러한 과거의 사랑체험 또는 미완의 그리움이 오늘의 삶에 여전히 작용하고 있으며, 어느 면에서는 그 미완의 사랑이 오늘의 삶을 견인해가는 하나의 추동력으로 작용하고 있다는 점을 알 수 있게 해준다. 바꾸어 말하면 시의 화자가 처한 현실적 삶과 그에 대한 인식이 불연속적인 세계인식에 놓여져 있기에 그러한 추억 속의 사랑, 미완의 사랑을 통해 그러한 단절과 소외를 극복해보고자 하는 내밀한 의도가 담겨 있다는 뜻이다.

겨울의 끝에서 눈이 옵니다

지난 겨울은 참 행복했습니다
연사흘째
어지럽게 봄눈 날리고
더 이상 가까워질 수 없는 거리에서
사랑한다는 말 한 마디
못해보고
당신을 보냅니다
당신만큼 날
행복하게 해 준 사람 없습니다
당신만큼 날
슬프게 해 준 사람 없습니다
봄눈 내리는 길목에 서서
멀어져가는 당신 뒷모습
바라보다
한 움큼 눈을 뭉쳐 하늘에 던집니다

───「그 겨울의 끝」

　　인용시는 그러한 단절감과 소외감에서 오는 외로움을 이겨
내려는 안간힘을 보여준다. "더 이상 가까워질 수 없는 거리에
서/사랑한다는 말 한마디/못해보고/당신을 보냅니다"라는 구
절 속에는 그러한 단절감과 그로 인한 슬픔 및 안타까움이 담
겨 있는 것으로 해석되기 때문이다.
　　불연속적 생의 인식이란 무엇이던가? 마치 이육사의 「강 건
너 간 노래」에서 보이듯이 그것은 나와 너, 또는 자아와 세계

사이의 단절 혹은 상실과 그로 인한 단절감과 소외감을 의미한다. 과거와 현실, 현실과 미래의 단절, 또는 여기와 저기의 거리감, 그리고 나와 너의 이별 상황 등이 그러한 불연속적 삶의 인식의 근원적 요인이 됨은 물론이다.

바로 여기에서 기다림과 그리움의 정서가 강하게 표출된다.

너를 기다리기
백 년이
걸린다

너를 잊기까지
죽어서
또 백 년이
걸린다

나는 산정에 선
한 그루
외로운 나무,

하늘이 푸르다

───「너를 기다리며」

하늘빛이 흐려서
손 한 번 헐겁게 잡아 보지 못했네

그리워 말 못하고 살아온 지 오랜 지금
강 건너 갈밭머리
반백의 머리칼 날리며 쓸쓸히
웃고 섰는 여인아,
그대 향한 그리움
오늘도,
겨울 강둑에 빈 해바라깃대처럼 서 있을 뿐이네
——「강 건너 그대」

 이 두 편의 시에는 그러한 기다림과 그리움의 정감이 강렬
하게 드러나 있다. 「너를 기다리며」에는 "너를 기다리기/백년
이 걸린다//너를 잊기까지/죽어서/또 백년이/걸린다//나는 산
정에 선/한 그루/나무"와 같이 죽음을 넘어선 그리움과 기다
림의 모습이 제시돼 있다. 또한 「강 건너 그대」에서도 "그리워
말 못하고 살아온 지 오랜 지금/강 건너 갈밭머리/반백의 머리
칼 날리며/쓸쓸이 웃고 섰는 여인아/그대 향한 그리움"과 같
이 이루지 못한 사랑, 미완의 사랑으로서 삶과 사랑에 대한 불
연속적 인식이 잘 드러나 있다.

 소한날 눈이 옵니다
 가난한 이 땅에 하늘에서 축복처럼
 눈이 옵니다
 집을 떠난 새들은 돌아오지 않고
 베드로학교 낮은 담장 너머로

풍금 소리만 간간이 들려오는 아침입니다
창문 조금 열고
가만가만 눈 내리는 하늘 쳐다보면
사랑하는 당신 얼굴 보입니다
멀리 갔다 돌아오는 메아리처럼
겨울나무 가지 끝에
순백의 꽃으로 피어나는 눈물 같은 당신,
당신을 사랑한 까닭으로
여기까지 왔습니다
기다림의 세월은 추억만으로도
아름답지만
이제는 가야 할 시간이 얼마 남지 않았습니다
당신을 만나서는 안 되는 까닭은
당신을 만나는 일이
내가 살아온 까닭의 전부이기 때문입니다
한 방울 피가 식어질 때까지
나는 이 겨울을 껴안고
눈 쌓인 거리를 바람처럼 서성댈 것입니다

　　　　　　　── 「첫눈 내리는 날에 쓰는 편지」

　따라서 시집에는 사랑이 현재와는 단절된 것, 미완의 것임
에도 불구하고 오늘의 삶에도 여전히 지속되고 있는 것, 오늘
의 삶을 지탱하고 이끌어가게 해주는 힘으로서 작용하고 있음
을 볼 수 있다. "당신을 사랑한 까닭으로 여기까지 왔습니다"

라는 구절이 그것이고, "당신을 만나서는 안되는 까닭은/당신을 만나는 일이 내가 살아온 까닭의 전부이기 때문입니다"라는 구절이 또한 그것이다. 그러기에 "한 방울 피가 식어질 때까지/나는 이 겨울을 껴안고/눈 쌓인 거리를 바람처럼 서성댈 것입니다"와 같이 아직도 그러한 불연속의 사랑, 미완의 사랑이 오늘날에도 여전히 작용하고 있는 모습이다. 사랑은 그것이 비록 지나간 날의 추억 속에 있는 것이라 할지라도 지금도 시인에게 있어 존재의 의미이고 이유이며 또한 삶의 가치가 된다는 뜻이 되겠다.

그런데 여기에서 주목할 것은 사랑이 순결한 사랑, 정신적 사랑으로서 플라토닉한 사랑으로서의 모습을 지속하고 있다는 점이다.

　　그대의 눈길 한 번만 스쳐도
　　단숨에 타오를 목숨입니다
　　하늘에 별처럼 높고 빛나는 그대,
　　감히 사모하는 일이
　　얼마나 큰 죄가 되는지 아오나
　　어이합니까
　　생각사록 뜨거워지는 이 가슴
　　별똥별 풀꽃처럼 뿌려지는 길섶에서
　　그대 향기나는 발소리
　　기다리다 잠든 가슴 위에
　　귀하신 팔찌를 벗어 놓으시고 홀연

밤안개 헤치면서 사라지신 그대,
깊고 넓은 마음 헤아릴 듯합니다
마지막 뼈와 살을 우리어 바치는
불의 마음,
몸 밖으로 터져 나와
서라벌 산천을 불꽃으로 덮을 때
그대 넉넉한 치맛자락으로
황홀하게 불타버린 미천한 몸뚱어리를
알뜰히 거두어 주십시오

──「지귀의 노래」

시집에는 여러 유형의 사랑의 흔적과 형식이 담겨 있지만
그것은 언제나 순결한 것, 정신적인 것으로서 존재한다. 다시
말해 관념적인 사랑의 모습이자 일방적인 사랑 또는 정신적인
순결 지향성을 지니고 있다는 점이다.

인용시에서도 그렇지 않은가? 신라시대 여왕을 사랑한 미천
한 신분의 지귀에게 있어서조차 사랑은 비록 그것이 불연속적
인 것이고 미완인 것이지만 그것은 존재의 의미이자 보람이고
가치이지 않았는가?

이렇게 본다면 김용화 시에서 사랑의 의미가 선명히 드러난
다. 사랑은 삶의 의미이고 이상적 가치임을 강조하고 있는 것
이다. 이 점에서 우리는 김용화의 시를 미완의 사랑 또는 순결
지향성의 시학이라고 말해볼 수 있으리라.

## 2. 자아성찰과 부끄러움의 미학

 김용화의 시집에서 드러나는 또 하나의 특징은 그의 시에 자신의 삶에 대한 부단한 반성과 사색으로서 자아성찰의 노력이 지속된다는 점이다. 언제나 세상의 한모퉁이에서 외로이 몸을 낮춰 살아가면서도 자기 자신의 삶을 되돌아보면서 쓸쓸하게 미소 짓는 그러한 삶의 모습인 것이다.

  푸른 하늘을 우러르는 일이 부끄러워
  언제나 고갤 숙인 사람,
  화살은 수없이 날렸지만 과녁을
  맞춰 본 적 없었네
  혹여, 발자욱 소리 들릴까
  걸음걸이 항상 조심스러웠네
  반세기는 늦게 세상에 태어나
  뒤만 바라보며 실컷 자기 몫을 쓸쓸해하다가
  시드는 낮달처럼
  스러져 없어질 사람,
  오늘같이 푸른 날은 흰 고무신 닦아 신고
  뜸북새 우는 긴 논둑길 걸어 보고 싶네
                          ──「자화상」

 이 시에서 시의 화자는 "화살을 수없이 날렸지만 과녁을/맞춰본 적 없었네"와 같이 삶의 과정에서 여러 차례 실패하고 좌

절을 맛보았음을 고백한다. 그러기에 "걸음걸이는 항상 조심스러웠네"와 같은 삶의 모습이 제시된다. 그 까닭은 "반세기는 늦게 세상에 태어난" 이유라고 생각하는 것일까. 이 역시 불연속적 삶의 인식과 태도가 아닐 수 없으리라. 그러기에 "뒤만 바라보며 실컷 자기 몫을 쓸쓸해 하다가/시드는 낮달처럼/스러져 없어질 사람"으로서 자신의 모습을 인식한다. 비관적 생의 인식이 관류하고 있다는 뜻이다.

그런데 여기에서 주목할 것은 "푸른 하늘을 우러르는 일이 부끄러워/언제나 고갤 숙인 사람"이라는 구절이다. 시의 화자는 삶에 대해, 특히 자신의 삶에 대해 끊임없이 부끄러움을 느끼며 살아간다는 점이다. 그만큼 중심에서 벗어난 삶의 고달픔과 외로움이 깊고 깊다는 뜻이 될 수 있겠다. 불연속적인 삶의 인식과 비관적 삶의 인식으로부터 연유한 것이겠지만 무엇보다 그것은 그가 삶을 살아가는 태도가 그만큼 착하고 순수하며 고지식한 모습을 지니고 있음을 뜻하는 것으로 해석할 수도 있겠다.

> 빠른 게 세월이더라, 사랑하는 아이들아
> 내가 늬들을 멀리하기 전에
> 늬들이 먼저 나를 멀리하는구나
> 스물 아홉에 밀리고
> 총각한테 밀리고
> 그렇지만 아이들아 나도 20년 전엔 스물 아홉,
> 향기나는 청춘이었단다

교문 밖 나설 땐 겹겹으로 에워싸고
인기 투표할 때마다
첫째를 놓친 적 없었단다
사랑하는 아이들아, 바보 천지 같은 아이들아

—「쓸쓸한 날의 자화상」

이 시에는 시적 화자가 세상을 바라보는 기본 시선과 태도
가 잘 드러나 있다. 그것은 한마디로 과거적 상상력이며 소외
의 모습이라고 하겠다. "빠른 게 세월이더라, 사랑하는 아이들
아/내가 늬들을 멀리하기 전에/늬들이 먼저 나를 멀리하는구
나/스물 아홉에 밀리고/총각한테 밀리고/그렇지만 아이들아
나도 20년 전엔 스물 아홉./향기나는 청춘이었단다"라는 구절
속에는 속절없이 흘러간 세월과 청춘에 대한 미련과 안타까
움, 그리고 그로 인한 단절과 소외감이 쓸쓸하게 표출돼 있는
것이다. 그만큼 시인의 시세계에는 쓸쓸함으로서의 생, 소외
로서의 삶에 대한 인식이 안타깝게 표출돼 있음을 확인할 수
있다.

① 줄무늬 스웨터
빨간 치마

고개 꺾고
마른 잔디 풀만 쥐어뜯던 네 작은
어깨가

조금씩 들썩여서

하고팠던 말
가득해도
말 한 마디 못해보고 돌아온
그 때 그 자리

인제는 다 말할 수 있을 것 같아
너 없는
그 자리에
다시 찾아가 앉아본다

———「그때 그 자리」


② 첫눈 내리는 날에는 독한 술을 마시고
   눈 쌓인 거리를 서성이다가
   그대 잠든 집 앞에 쓰러지고 싶었네
   그대 살처럼 희디흰 눈 이불 덮고
   어린 사슴처럼 긴 잠에 들고 싶었네

———「그 겨울·1」


인용시 ①에는 지난날 그립고 안타까움에 뒤채이던 젊은날
의 내면풍경과 함께 그에 대한 미련과 그리움이 제시돼 있다.
"하고팠던 말/가득해도/말 한 마디 못해보고 돌아온/그 때 그
자리"라는 구절 속에는 이루지 못한 사랑, 흘러간 지난날에 대

한 안타까운 미련과 그리움이 피력돼 있는 것이다. 그만큼 시인의 상상력이 과거적인 것에 뿌리를 두고 있으며, 그러한 과거적 상상력이 그의 시세계를 관류하고 있음을 말해주는 것이 되겠다.

시 ②도 마찬가지다. "그대 잠든 집 앞에 쓰러지고 싶었네/그대 살처럼 회디흰 눈 이불 덮고/어린 사슴처럼 긴 잠에 들고 싶었네"와 같이 과거시제 속에 미완의 사랑에 대한 안타까움과 함께 슬픈 그리움을 담고 있는 것이다.

실상 그의 시에 지속적으로 드러나는 자아성찰과 부끄러움의 자아인식이나 시인의 부끄러움의 시학도 실은 이러한 불연속적 삶의 인식과 미완의 사랑으로 인한 현실부재, 그리고 과거적 상상력에 경사돼 있는 자신의 생의 태도에 대한 반성과 안타까움의 또 다른 표현 방식이 아닌가 여겨진다.

그런데 여기에서 시인이 유념해야 할 사실이 있다. 이러한 미완의 사랑에 대해 연연해하는 일이 아무리 시 속에 긴장감을 불러일으키는 요인으로 작용한다 해도 그것이 지나치게 센티멘탈한 정감으로 떨어져서는 안 된다는 점이다. 오히려 그러한 비관적 생의 인식이 센티멘탈한 감상성을 극복하고 오늘의 삶을 이끌어 가는 능동적인 힘으로써 작용할 때 자신의 시가 한 단계 깊어지고 강해질 수 있다는 사실을 인식해야만 하리라 생각한다. 이러한 센티멘탈리즘은 많은 경우 사춘기적인 연애감정 또는 female complex를 반영한다는 점에서 자기 절제와 극복의 노력이 절실하다는 뜻이다.

다음 시는 이러한 과거적 상상력으로 인한 감상과잉 또는

female complex의 단점을 보여주는 한 예가 될 수 있다.

읍내로 자전거 끌고 학교 다닐 때
처음으로 보았네
봉긋한 가슴
눈 시리게 희던 교복
채양 널따란 하얀 모자 둘러쓰고
아카시아 알알한 신작로 길
남학생 곁을 삐뚤빼뚤
펭귄처럼 위태롭게 스쳐 지나가던 그녀들은
필시,
잠자지 않고 밥 먹지 않으며
꼭두새벽 사람들 잠든 틈 타
베짱이처럼 폴짝폴짝 풀밭을 튀어 다니며
풀잎에 달린 이슬 하나씩 따다
몇 스푼의 고독과
슬픔을 함께 타서
밥 대신 먹고 살아갈 것 같은
나와는 다른 어떤 슬픈 종족으로 알았네
내 학교 시절 여학생들은

——「여학생」

시란 어느 정도 감성적인 면이 바탕에 잠재돼 있어야 하는
것이 사실이다. 그렇지만 인용시와 같은 경우에는 유행가의

그것과 무엇이 얼마나 다른가 시인에게 물어보고 싶은 심정이다. 바람직한 시는 감상에의 반역이고 지성에의 한 향수라고 할 수 있다. 감성적인 것과 지성적인 것의 탄력 있는 균형과 조화야말로 오늘날 현대시의 바람직한 방향성이 될 수 있기 때문이다.


### 3. 전원상징과 생명 지향성

김용화의 이번 시집에 드러나는 특징으로 들 수 있는 또 한 가지는 그의 시에 전원상징과 함께 식물적 상상력이 지속적으로 관류하고 있다는 점이다.

강릉 삼척 소금 사러 백복령을 넘은 당신
산 깊고 물 깊어 못 오시려나
노가지나무 뻐덕지게 부끔떡 엽전꾸러미
다 던져두고
부디 몸 성히 성히 돌아와 주세요
초록저고리 다홍치마 어찌하라고
굽이치는 강물 따라
물철쭉은 피는 겁니까
올챙이국수 한 그릇 떠먹는 동 마는 동
노을 비낀 하늘에 검은 구름만 몰려오네

──「정선 아라리 · 1」

119

싸리골 올동박은 다 떨어지는데
맨드래미 줄봉숭아만 곱게 피면 뭣하나요
옷고름 나부끼며 노을지는 강가에서
당신 가신 곳 바라보다 해는 저물어
쏙독새 울음소리 애린 가슴 저미어 파는데
이 슬픔 이 눈물 그 누가 아라리
삭달가지 꺾어서 군불을 지펴 놓고
풀잎에 매디매디 밤 이슬이 차워라
행주초마 고쳐 매고 칠성님전 빌고 나니
월미봉 살구나무에 새벽달이 걸렸네

——「정선 아라리 · 2」

　시집에는 인용시에서 볼 수 있듯이 전원적인 소재와 제재, 그리고 식물적 상상력이 다수 등장하여 관심을 환기한다. '정선 아라리' 라는 제목부터가 그러하며, '강릉/삼척/백복령/월미봉' 이라는 지명들이 그러하고, '산/물/강물/노을/하늘/구름/이슬/쏙독새/새벽달/해' 등의 자연적, 전원적인 소재들이 또한 그러하다. 아울러 '노가지나무/물철쭉/싸리/올동박/맨드래미/줄봉숭아/삭달가지/풀잎/살구나무' 등 무수한 식물적인 소재들이 그러한 모습이다. 그의 시들은 전원적인 상상력 또는 식물적인 상상력에 바탕을 두고 있는 모습인 것이다.

　아울러 '엽전꾸러미/초록저고리/다홍치마/올챙이국수/쏙독새 울음소리/옷고름/군불' 등 전통적인 농경사회적 감수성의 시어들이 다수 등장하는 것도 그러한 모습이라고 하겠다.

이러한 전원상징 또는 식물적 상상력의 소재와 제재들은 대자연 속에 깊이 감추어져 있는 본원적 쓸쓸함의 반영이면서 동시에 외로움과 허무함으로서 인간사가 투영된 모습이라고 볼 수 있지 않을까 한다. 자연사와 인간사의 친화와 교감 속에는 생명에의 그리움 또는 생명감각이 그리움의 정서로 내면화돼 있다는 뜻이다. 말하자면 전원상징의 시어와 식물적인 상상력은 시인의 내면 속에 담겨 있는 생명에의 그리움과 외로움을 환기함으로써 생명력을 회복하고자 하는 갈망과 염원을 노래한 것이 아닌가 하는 말이다.

그렇다! 김용화의 시에 지속적으로 드러나고 있는 전원상징과 식물적 상상력은 자연사와 인간사의 친화와 교감을 통해 오늘날 현대문명이 처한 실존의 위기의식을 극복하고 생명력을 회복해 나가고자 하는 열망을 담고 있는 것으로 해석된다.

① 수십 수백 명씩 기아로 죽어나가는
　케냐의 소말리아 난민 수용소,
　시체더미
　곁에서도
　새 생명은 태어나고 태어나고 있나니
　　　──「거룩한 본능」

② 마을 사람들
　떠나고 없는
　빈 마을의 밤

우물가
길섶에
이름 모를 작은 풀꽃들 피어나
밤을 밝혀주네

엄마별,
아기별,

길을 잃지 마라고

——「아름다운 밤」

　실상 그렇지 않은가? 시 ①에서처럼 오늘날 현실세계는 전쟁과 테러, 폭력과 기아, 기상이변과 천재지변 등으로 인해 거대한 위기의 소용돌이를 겪고 있는 것이 아니겠는가? 그럼에도 불구하고 그러한 전쟁터의 화약 내음과 난민 수용소의 시체더미 속에서도 생명은 태어나고 자라면서 꽃을 피우고 열매를 맺어가는 것이 아니겠는가. 바로 이러한 생명에의 믿음과 소망 속에서 생명을 세상의 제1가치로 소중히 여기고 사랑하려는 생명에의 의지 또는 생명사상이 표출되고 있는 것이다.
　시 ②에서 그것은 지상의 어둠을 밝혀주는 작은 풀꽃 하나와 하늘의 어둠 속에 빛나는 작은 별로서 나타난다. "마을 사람들/떠나고 없는/빈 마을의 밤//우물가/길섶에/이름 모를 작은 풀꽃들 피어나/밤을 밝혀주네//엄마별,/아기별,//길을 잃지 마라고"라는 구절 속에는 생명에 대한 사랑만이 온 세상의 어

둠과 고통을 밝혀줄 수 있는 것이라는 안타까운 희망과 염원
을 드러내 주고 있는 것이다.

> 하늘에 작은 별 하나
> 빛나기까지
> 얼마나 많은 밤 꽃들이 피어나
> 밤하늘 밝혔을까
>
> 강가에 꽃 한 송이
> 피기까지
> 얼마나 많은 밤 별들이 반짝이며
> 강물 위에 빛났을까
>
> 하늘과 땅 사이
> 아름다운 이름
> 하나,
>
> 얼마나 많은 세월
> 꽃 피고
> 별 빛나야
> 내 가슴에 피어나 빛날 수 있을까
>
> ──「아름다운 이름 하나」

바로 그것이다. 이 시에서도 볼 수 있듯이 김용화의 시가 궁

극적으로 지향하는 것은 지상 위에 작은 풀꽃 하나가 피어날 수 있듯이 하늘에서도 작은 별빛이 빛날 수 있는 세상에 대한 갈망이고 염원이다. 생명에 대한 가없는 사랑과 평화에 대한 염원이 그의 시가 지향하는 궁극적인 목표점이라는 뜻이다.

이 점에서 김용화의 시는 사랑의 시이면서 생명지향의 시이고, 그러기에 평화의 철학을 노래한다. 내 한 몸 희생함으로써 뭇생명과 세상에 이바지하는 소의 모습을 통해서 이러한 생명 사랑과 평화의 철학은 선명하게 빛을 발할 수 있는 것이다.

한 마리 소가
더운 숨 끊어
피를 남기고 살을 남기고 뼈와 가죽을 남긴다
한 마리 소가
검은 울음 게우며 쓰러져
마음씨 착한 농부를 살려내고
설렁탕 집 뚱뚱한 과수댁과 삽사리를 살려내고
공무원을 살려내고
룸살롱 아가씨를 살려내고
딸을 돈벌러 보낸 가난한 농촌 마을
주름살 깊은 홀어미와 함께, 젖배 곯은 새끼들을 살려낸다

——「한 마리 소의 죽음」

## 맺음말

　이렇게 볼 때 김용화의 시는 사랑과 평화지향의 시이며, 자아성찰의 시이면서 동시에 생명력의 회복을 갈망하는 시로서 의미를 지닌다고 하겠다. 그의 시는 오늘과 같은 기계문명의 시대, 고함소리 드높은 시대에는 별반 설득력을 갖기 어려운 것이 사실일지도 모른다. 그러나 인간내면의 깊이에 조금이라도 관심을 갖고 귀를 기울이는 사람이라면 천천히 읽으면서 삶에 위안과 평안, 그리고 기쁨과 희망을 발견할 수 있는 시이기도 하다.

　그의 시는 문학사적으로 볼 때 박용래의 전원 상징과 식물적 상상력에 뿌리를 두고 있으면서 동시에 김원호와 강인한의 청순한 연애정감과도 맥이 닿아 있는 모습이다. 그만큼 자연과 사랑이라고 하는 인간의 원형적인 정서와 맞닿아 있다는 뜻이 되겠다.

　그러나 중요한 것은 이제부터이다. 시인 특유의 휴머니즘과 자연사랑 및 생명감각을 한 차원 더 높게, 격조 있는 정서의 차원으로 상승시켜야만 한다. 날카로운 절제의 힘이 부드러운 사랑의 정감과 조화를 이룰 때 그의 시는 품격과 질을 확보할 수 있을 것으로 기대되기 때문이다.

　새삼 시인의 분발과 정진을 희망하면서 격려의 박수를 보낸다.

김용화 시인

충남 예산 출생. 1993년 《시와시학》으로 등단.

시집 『아버지는 힘이 세다』 『감꽃 피는 마을』 등이 있음.

한국시인협회 회원.

현재 부천 소명여고 교사.


## 첫눈 내리는 날에 쓰는 편지
### 김용화 시집

•

초판 1쇄 발행일   2004년 11월 25일

2쇄 발행일   2005년 5월 10일

•

지은이 · 김용화

펴낸이 · 김종해

펴낸곳 · 문학세계사

•

주소 · 서울시 마포구 신수동 345-5(121-110)

대표전화 · 702-1800

팩시밀리 · 702-0084

이메일 · mail@msp21.co.kr   www.msp21.co.kr

www.seein.co.kr(계간 시인세계)

출판등록 · 제21-108호(1979.5.16)

•

값 6,000원

ISBN  89-7075-323-0    03810

* 이 책은 문화관광부가 주최하고 한국문화예술진흥원이 주관하는 〈이달의 우수문학도서 보급사업〉의
일환으로 국무총리복권위원회의 복권기금을 지원받아 무료로 제공하는 책입니다.

(문학회생프로그램추진위원회 홈페이지 : www.for-munhak.or.kr)